Couvertures supérieure et inférieure
en couleur

PETITS MONOLOGUE

EN CHAMBRE

Par E. VIVIER

NICE. — Typographie J. VENTRE et Cie, rue de la Préfecture, 6

A SES AMIS COQUELIN : CADET ET JEAN

PETITS MONOLOGUES
EN CHAMBRE

Par E. VIVIER

Je ne peux m'imaginer en regardant passer tous ces soldats, que c'est pour leur apprendre à en tuer d'autres, qu'on les mène à l'exercice ; ni m'imaginer non plus, que l'on entend des officiers se plaindre de la paix, parce qu'elle retarde leur avancement.

Je le connaissais à peine, mais j'étais sûr qu'en assistant à cette triste cérémonie, je ferais plaisir à la famille.

———

Je vais à leur rencontre ; je les verrai plus tôt, ces bons amis.

Ma montre, ma montre, sapristi !..... le verre est en mille pièces..... tiens..... elle n'est pas arrêtée ; c'est curieux çà.

Je m'étais promis, cependant, de n'ouvrir à personne ..... c'était un mendiant..... je trouve le nom, que je cherchais en vain, à placer dans une phrase ; oui, c'est çà c'est bien ce mot là, le mot *charité* ;..... l'aumône porte bonheur.

Enfin, il est parti, bon voyage ! — et beaucoup de protestations d'amitié, cependant, que nous venons de nous faire ; nous nous sommes même embrassés.

Je voudrais bien savoir ce que cette femme porte dans son panier ; le couvercle remue ; ce doit être un lapin ; alors ce n'est pas elle, c'est lui, qui fait danser l'anse du panier.

Quand d'un groupe d'enfants s'élèvent des cris de joie, c'est que l'un d'eux s'est fait mal, et que ses petits camarades, le voyant pleurer, se moquent de lui.

S'il s'agit d'un homme possédant une grande fortune, on s'imagine, bien souvent à tort, qu'il doit posséder aussi toutes les aptitudes, tout l'esprit nécessaire pour conduire les autres : on le comble, alors, d'honneurs, de prévenances et d'hommages. De même que pour un Prince : on court à sa rencontre, on s'empresse, on le salue jusqu'à terre ; on admire son génie ; on s'étonne de sa prodigieuse mémoire, s'il se rappelle, le lendemain, ce qu'il avait appris la veille.

Imbécile que je suis : ce n'était pas le sien ; c'était celui de la table mal calée, qui me pressait le mien : et voilà comment parfois l'on s'abuse.

———

Encore un compte à vérifier..... au diable les chiffres ; qui donc a inventé ces machines-là ?

Dans celle-ci..... rien..... dans l'autre ?..... dans l'autre non plus ; je me rappelle maintenant avoir entendu un petit bruit sonore sur le trottoir ; je me suis même retourné ..... ; c'est un petit malheur, tant pis, ou plutôt tant mieux, si c'est un pauvre qui l'a ramassée.

C'est très bien comme çà ; je n'ai plus rien à ajouter ..... Ah, si ;..... la date, et ma nouvelle adresse.

C'est surtout pour ne plus entendre murmurer autour de moi : « *comme c'est ennuyeux, agaçant, énervant, jour et nuit ; c'est à déserter la maison* ». Que je voudrais être débarrassé de ce vilain rhume.

De même que pour le choix des fruits, je préférerais la mère à la fille.

« *Venez ce soir à 7 heures; venez en sabots* », m'écrit le général ; comme ça décide vite, un petit mot affectueux, tel que celui-là ; et comme on souhaite de voir arriver l'heure de cet aimable rendez-vous.

La République ? c'est la mort aux Princes, à tout ce qui porte haine à la démocratie ; eh bien, essayez donc de crier « *à bas les Princes* », vous verrez si l'on ne vous flanque pas tout de suite en prison.

A mon avocat de décider maintenant, s'il y a, là, matière à procès ; mon avoué prétend que oui ; mon avocat ne dira pas le contraire..... si je m'arrangeais à l'amiable ?...

J'ai bien le droit de me reposer un peu ; non, non ; on vient de le faire..... plutôt là, sur ce canapé..... oh. comme il est dur ; il a grandement besoin d'être rembourré ; pour ma femme, c'est inutile.

« *Il ne me soupçonnera pas, il a tant de confiance en moi* ». Voilà ce qu'il a dû se dire, ce gredin, ce chenapan.

Pan, pan, méchantes bêtes ; deux gifles, presqu'en même temps, que je viens de m'appliquer, sans pouvoir m'en demander satisfaction.

Tout en pensant, avec stupeur, que c'est à une seule voix de majorité que nous devons la proclamation de cette aimable République, je suis à me demander, quel serait le nombre de mains, qui se lèveraient en sa faveur, s'il était prescrit de renouveler aujourd'hui cette élection à jamais maudite. Sans exagérer, je crois que les urnes pourraient se fouiller, comme on dit. Ce n'est pas sa faute à cette pauvre république; non plus qu'à ce jeune enfant, qui vient de se laisser tomber jusqu'au cou, dans la crotte : sa bonne ne le tenait pas par la main.

Tu pleurais tout-à-l'heure, mon cher enfant, et j'en étais la cause, tu ne pleures plus à présent, et tu voudrais jouer avec moi ; mais moi, je suis triste, et bien plus long-temps triste que toi, parce que je suis plus grand, et ça ne passe pas si vite, vois-tu, quand on est plus grand. J'ai du chagrin, beaucoup de chagrin de t'avoir grondé..... ça ne fait rien ; viens, viens, viens tout de même ; viens, viens donc, mon cher enfant ; pourquoi t'éloignes-tu ? n'aie pas peur ; approche-toi ; viens tout près de moi ; tu es encore

trop loin, approche-toi davantage; viens, viens, viens, viens
me donner la main, donne-moi la main, là, comme çà, tu es
bien sage, bien sage, embrasse-moi, embrasse-moi encore,
encore une autre fois, nous allons jouer tous les deux. Jette-
la plus haut, plus haut, recommence; plus haut, jusqu'au
plafond; elle a touché, je l'ai entendu. C'est à moi; je vais
la rattraper, tu vas voir; non, je l'ai manquée; à ton tour
maintenant..... bravo, bravo, bravissimo; sais-tu que tu
es bien plus adroit que moi.

L'idée du prix des choses tourmente tout le monde : « Combien ça coute-t-il ? » comme aussi, de connaître l'âge de chacun : « Quel âge a-t-il, quel âge a-t-elle ». On entend que ça.

———

Que de gens passés maîtres dans l'art de dissimuler, nous laissent penser d'eux, qu'ils sont naïfs, charitables et bons, et n'ont au fond de l'âme, s'ils en ont une, qu'astuce et malignité.

Il ne se plaît qu'à se contredire et à contredire les autres ; lors même qu'il s'agit, comme aujourd'hui, par exemple, de son intérêt personnel, il m'a donné l'assurance positive qu'il viendrait me prendre à 2 heures, il en est 4, je ne l'attends plus.

L'état de ma santé n'intéresse personne ; pourquoi donc m'empresser de raconter à tous ceux que je rencontre, soit en visite, soit en promenade, mes indispositions passagères ou non, ou à venir. Quelle émotion puis-je vouloir que cela leur procure ? Pourquoi m'accrocher aux bras des docteurs que j'ai le plaisir de connaître, et m'exposer à m'entendre dire comme l'autre jour, par l'un d'eux : « *Mon ami, je ne donne de consultations que chez moi, dans mon cabinet, de 2 à 4.* » Pourquoi m'installer chez d'aimables pharmaciens, mes amis, pour écouter leurs clients et tâcher de prendre note des ordonnances qu'ils apportent? Ça devient intolérable, et j'ennuie tout le monde. Très bien portant que je suis en ce moment, je ne vois plus qu'une chose à faire: c'est d'aller finir mon indiscrète existence, dans une maison de santé ; d'autres diront, et ce sera sans doute le plus grand nombre, dans une maisons de fous ; et peut-être auront-ils raison.

Le regard embrasse tant de choses à la fois, qu'il distrait souvent notre attention, et la détourne de l'objet que nous voudrions fixer : il a bien quelque rapport avec la pensée.

———

Et dire que c'est moi qui l'ai présenté dans cette maison : voilà la récompense.

Bien des choses qu'on lit, d'autres qu'on écoute, même avec un certain agrément, qui ne laissent rien après elles, ni dans notre esprit, ni dans notre mémoire ; tandis que celles qui nous remuent profondément, oh, celles-là, on se les rappelle toujours ; c'est comme d'une jolie femme : « *combien elle est belle* », se dit-on en l'apercevant une première fois ; et pourtant il arrive que le lendemain, on n'en a plus souvenir ; pourquoi ? parce qu'elle n'a pas de physionomie, la physionomie c'est le génie de la figure ; on ne l'oublie jamais, même si elle n'est pas jolie.

Il n'a pas cru devoir faire la dépense d'une feuille de papier ; il me répond sur la page blanche que j'avais laissée à ma lettre. J'ai reconnu aussi pour l'avoir aperçu sur sa cheminée, un petit bibelot sans valeur, souvenir d'un de ses amis, qu'il s'est empressé d'offrir à ma femme, à l'occasion de sa fête ; c'est une manie, la manie du *double emploi* ; manie, du reste, fort respectable.

Si c'est un faible, j'avoue que je l'ai, ce faible-là :
d'aimer à ce que l'on me confie de tout petits enfants.
Cette faveur de m'en confier un, m'a été accordée aujourd'
hui ; je le portais avec précaution, le promenant par toutes
les chambres. Ses jolis yeux, couleur d'âme, semblaient
interroger les miens. Avant qu'ils ne sachent parler, les
petits enfants, ce sont leurs yeux qui commencent à parler
pour eux. Je ne l'effrayais pas, car il s'est endormi dans mes
bras. J'aurais voulu me transformer en berceau pour le
garder toute la nuit.

Pendant le moment où nous adressons nos compliments de condoléance à un ami, un rien, un geste, un mot dit de travers, un bruit dans la rue, une physionomie étrange qui passe devant nous, peut changer notre tristesse en un long éclat de rire ; aussi ai-je gardé le silence, me contentant seulement de lui serrer la main.

Cette chaise n'a pas de chance, voilà la troisième fois que je la fais tomber en passant. Je ne la relève plus : c'est son affaire.

———————

Si je savais ne pas les rencontrer, j'irais bien les voir aujourd'hui.

C'est une simple cloison; je peux entendre tout ce qu'ils se disent; et par le trou de ma serrure, voir ce qu'ils font.

———

Au milieu de tant de défauts, dont je me confesse, je me reconnais une qualité: je suis plus reconnaissant de ce qu'on fait pour mes amis, que de ce que l'on veut bien faire pour moi-même.

Quoi de plus cordial, de plus intime, que cette simple prévenance en quelques mots, d'un ami, entrant chez nous sans façon, sans crainte de nous déranger, tant il sait le plaisir qu'il va nous faire : « *Me voilà, c'est moi* ».

Je me promenais seul dans le jardin de mon voisin, autorisé par lui, bien entendu ; comme il a aussi l'autorisation de se promener dans le mien. (Nos deux jardins se touchent et sont tracés, entretenus par les soins d'un seul et même jardinier, on dirait de deux jardins jumeaux). Je marchais donc, sans trop de précautions, sur les plates-bandes, coupant, de droite et de gauche, quelques jolies fleurs ; dégustant les fruits les plus mûrs ; et c'était, (oh, absence de mémoire et de discrétion), c'était mon jardin à moi, que je dévalisais ainsi.

Il n'a voulu accepter l'hospitalité dans notre maison, qu'à la condition d'être notre pensionnaire : on peut être pensionnaire et ami en même temps ; mais comme c'est embarrassant pour nous qui voudrions le garder encore, (il doit nous quitter aujourd'hui) de lui demander de retarder son départ.

Ce sont les gens les plus désordonnés qui s'aperçoivent et se plaignent toujours du désordre chez les autres ; tant bien ils s'y connaissent.

———

Se croire intéressant, spirituel, à tourner toujours en ridicule les médecins, les belles-mères, les maris mécontents ; n'est-ce pas là le comble de la bêtise humaine ?

Le bien, le mal, la manière de penser, d'observer, de comprendre, la façon de vivre avec les autres, de vivre avec soi-même : tout est indiqué, rien n'est prescrit ; aussi, hésitons-nous à chaque pas dans la vie, et faisons-nous bien des choses de travers.

Si vous parlez d'un enfant, dont la distinction, l'intelli-
gence extraordinaire, les beaux traits du visage vous ont
frappé : *Que diriez-vous donc du nôtre à côté de celui que
vous nous vantez tant.* — Vous le connaissez. — *Non, je ne
l'ai jamais vu et ne tiens pas à le connaître.* Voilà ce qu'on
vous répondra.

Si je te jette un sou, tu pourras bien aller le dire à Rome..... Cependant, j'aperçois un tout petit enfant, assis sur l'instrument, près de la manivelle ; j'en vois un autre, celui-ci plus grand, sa casquette à la main, il court dans le voisinage, regardant à toutes les fenêtres ; il regarde la mienne..... c'est mieux, pliés dans du papier..... juste, juste, dans sa casquette : comme j'ai bien visé, ils reviendront demain..... oh, j'ai bien visé, bien visé ; juste, juste au milieu de sa casquette.

Afin de m'acquitter de toutes leurs bontés pour moi, je suis tenté de leur donner ces deux cadres dorés, qu'ils semblent tant désirer ; mais c'est tellement encombré chez eux, que je cherche et ne vois pas où ils pourraient les placer convenablement ; et puis avant, j'en veux faire encore estimer la valeur. Un premier brocanteur ne m'en a offert qu'un prix dérisoire, j'en verrai un second, et, selon ce qu'il me dira, je réfléchirai ; s'il n'est pas plus raisonnable que l'autre, je me déciderai peut-être à leur faire ce cadeau.

« Mais encore, s'il souffrait, Monsieur, je comprendrais cela, je ne dirais rien : au contraire, l'appétit, le sommeil, chez lui sont excellents. C'est une infirmité qui le tient cloué dans son lit, sans aucun espoir de guérison ; et voilà bientôt trois mois, vingt-et-un jours, lundi prochain, à 8 heures 23 minutes du soir que cela dure. Savez-vous, Monsieur, que c'est un peu long », m'a dit ce matin une brave femme, me parlant de son mari.

Très amusant à observer, l'hésitation que mettent deux camarades, timides encore en amitié, à savoir lequel des deux commencera. Très intéressante à suivre, l'artificieuse conduite des mains qui s'avancent discrètement, se retirent, pour s'avancer et se retirer de nouveau, jusqu'au moment où la plus osée, se montrant plus engageante, encourage ainsi la main du camarade..... enfin, enfin, le serrement a lieu ; mais quel temps il a fallu, pour se témoigner réciproquement ce léger gage de sympathie.

L'expression *Bégueule* n'a plus la suprématie, dans la conversation des femmes : « *D'Eudoxie, mon amie la plus intime, je pense le plus grand bien ; mais c'est dommage, ne m'en parlez pas, c'est vraiment dommage : elle* BLAGUE *toujours* ».

Le parfum d'une fleur, le son d'une certaine voix, la forme que prennent les nuages, la manière de se lever, de se coucher du soleil, et, surtout, les jeux des enfants, me rappellent les événements tristes ou gais des lointaines années de ma jeunesse.

———

Après tous les sacrifices que j'ai faits pour lui, sans y être aucunement obligé, il se plaint encore..... Ah, c'est qu'ils sont en très grand nombre, ceux qui trouvent toujours qu'on ne les aide pas assez.

Comme c'est embrouillé... comme c'est embrouillé... comment vais-je faire pour m'y reconnaître? comme on fait dans l'obscurité : en marchant à tatons, à tatons, avec toutes les précautions nécessaires ; peu à peu la lumière commence à paraître..... elle apparaît tout-à-fait, pour n'éclairer, le plus souvent, qu'une illusion trompeuse. Dans bien des circonstances de la vie, ne vaudrait-il pas mieux se conduire en philosophe ; attendre le temps, sans s'émouvoir jamais ?

Je savais bien. je savais bien, que j'avais encore quelque chose à faire.

———

Le docteur me l'a défendu ; mais ma femme est sortie ;
il n'en saura rien..... si je fumais une cigarette.

Il y a huit jours aujourd'hui, c'était la cérémonie du contrat, vous y étiez? — Nous y étions. — Le lendemain double célébration, à la mairie et la messe à la Madeleine — nous y étions aussi; — le soir, grand repas de noces, — nous y étions encore. — On espérait que le mariage..... malheureusement la lune de miel n'a pas duré longtemps. Quelques jours après, la jeune femme succombait aux atteintes du mal qui la minait depuis cinq mois, et ce matin, on l'enterrait, la pauvre enfant. — Nous n'y étions pas.

Les catholiques, le bas et le haut clergé, les évêques les archevêques, les nonces ne savaient plus sur quel pied danser. Le Pape s'empressait d'envoyer sa bénédiction, *in extremis*. Le tocsin sonnait dans toutes les consciences des honnêtes gens ; la vie générale était suspendue ; le voyage de Nancy n'a tenu qu'à un fil ; on ne s'abordait plus qu'en tremblant ; tous les journaux, tous sans exception, *La Gaudriole*, elle-même, étaient remplis d'articles nécrologiques, et vous ignoriez cet immense évènement. D'où sortez-vous donc ? de l'autre monde, sans doute ; mais c'est là, surtout, qu'on aurait pu vous renseigner..... Comment, vous ne connaissiez pas l'affreuse, la terrible nouvelle : la mort violente, inattendue, la fin,..... oh mon Dieu oui, la fin, *la fin du parti conservateur*..... Tenez, venez avec moi, allons aux Champs Elysées voir Guignol ; ça nous changera un peu.

Nous ressentons chacun, l'un pour l'autre, une certaine sympathie, tout près de l'amitié ; et pourtant, nous ne nous connaissons que par l'échange d'une petite correspondance ; nous ne nous sommes jamais vus, jamais rencontrés : ..... c'est peut-être pour çà.

Après une visite de plusieurs heures, elles se sont embrassées et dit adieu. On croit que c'est fini ? non..... l'amie remonte pour un mot à communiquer encore..... elle s'en va. On croit que c'est fini ? non..... Du balcon son amie la rappelle, elle veut lui parler, mais le bruit de la rue..... précipitamment alors, elle descend, et, sur la porte de la maison, l'entretien continue et se prolonge, ensuite, jusqu'au coin de la rue. Là elles se sont réembrassées et redit adieu. On croit que c'est fini ? non : l'idée d'avoir oublié la chose la plus importante, les tourmente l'une et l'autre, jusqu'au moment de se retrouver, le soir, pour recommencer de plus belle. On croit que c'est fini : on croit, on croit, on croit ; mais croire ne signifie pas qu'on soit assuré..... A quand donc l'établissement d'une compagnie d'assurance, ou plutôt, d'une société de protestation contre la licence des caqueteries des femmes ?

Heureusement que toutes ne s'adonnent pas à cette étrange mode du brevet, sans lequel on vivait bien autrefois : (celles-là, sont les indifférentes) ; et qu'il en reste encore, pour les soins et les joies de l'humanité : celles-ci, ce sont les vraies femmes.

Oh, c'était bien pour leur dire quelque chose d'agréable ; au fond, je n'en pensais pas un mot.

———

Madame vient d'oublier la clef de son armoire à glace...
Non, non, non, non; elle peut rentrer d'un moment à l'autre.

Deux jeunes mariés d'hier parlaient ainsi :

« *Nous sommes allés nous loger bien loin de la maison; mais c'est préférable ; ça ne les empêchera pas de venir nous voir tous les jours; il y a un omnibus* ».

On en veut à certains hommes; on les accuse de n'avoir pas le sentiment du beau : est-ce leur faute ? Il y a des femmes ravissantes, ravissantes, c'est vrai ; mais qui ne leur disent rien, rien, rien, rien du tout. Ça m'est même arrivé à moi, et cependant, je ne suis pas difficile.

Et moi comme bien d'autres, en ouvrant un journal, je jette aussitôt les yeux sur l'article *Nécrologie* ; est-ce bien, est-ce mal, je n'en sais rien.

Ah oui... ah oui... c'est vrai, c'est vrai ça ; c'est une idée.

Cette grande amie des pauvres gens, possède un beau château près de Versailles; mais ses pensées se tournent constamment du côté d'un autre bien plus beau, bien plus grand château que celui qu'elle habite, et que ses bienfaisantes mains ont aidé à faire construire.

« *C'est un honnête homme* », on l'entend dire de celui-ci, de celui-là, et d'autres encore ; mais pourquoi accueille-t-on toujours cette nouvelle, par ces mots : *ah vraiment!* comme s'il était si rare d'en rencontrer.

———

J'espère ne pas être obligé de m'en servir ; en tout cas, je le mets dans ma poche ; à Nice, on ne sait pas.

De l'offre qu'il veut bien me faire, je n'ai nullement besoin ; ce serait même pour m'embarrasser beaucoup, si je l'acceptais ; mais j'y pense... une occasion de m'en défaire peut se présenter d'un moment à l'autre ; un petit bénéfice n'est pas à dédaigner.

C'étai. à Nice, le soir ; nous fêtions notre ami Coquelin. Et vous, grand comédien, lui dis-je, vous, l'admirateur passionné de la belle nature et de l'adorable fantaisie : à votre tour, un toast de votre façon..... il obéit et se lève : « Quel beau ciel étoilé, quelle douce atmosphère, quels parfums délicieux s'élèvent de toutes parts, au milieu de ces splendides jardins ; quelle magnifique soirée et comme l'on sent que la sympathie coule à pleins bords dans nos cœurs ; mais la lune est absente ; sa douce lumière aurait rafraîchi nos fronts : allons, mes amis, buvons, buvons à la santé de la lune ».

Pourquoi, pourquoi, c'est inutile ; — j'y vois très bien, de la place où je suis.

———

Son nom commence par un l, oui par un l, par un l... par un l... mais non, c'est par un b, oui par un b ; c'est par un b, j'en suis sûr, par un b..... Non, je me trompe, je disais bien, c'est par un l, par un l, parbleu... Après tout, qu'ai-je besoin de savoir ce nom-là, et de perdre mon temps à le chercher.

Les *petits cadeaux entretiennent l'amitié* ; ça dépend : quand ceux qu'on nous offre ont au moins la valeur de ceux que nous avons offerts ; — mais que m'apporte-t-il là... ça ne vaut pas deux sous.

———————

La nuit, un malheur peut arriver dans la maison, dans la rue ; réveillé, il faut se vêtir : comment serait-on à temps de porter secours. Je pense souvent à cela ; je comprends les objections ; et pourtant...

« *C'est là, dans un coin ; nous ne nous en servons plus, il a fait son service, il est usé* ». Ces réflexions à propos d'un ustensile quelconque, je les ai entendues faire, à peu près dans les mêmes termes, au sujet d'un bon vieillard. Il était un peu sourd, mais ses yeux les entendaient fort bien..... Quelle famille !

C'est aujourd'hui, non c'est demain, que je dois aller chez notre ami de la rue Lamartine ; sa cuisinière Françoise nous prépare un plat que j'adore, m'écrit-il ; mais ce qui m'intéresse bien davantage, c'est qu'il m'annonce, en même temps, le rétablissement de sa santé.

———

Sur six enfants, pas un ne ressemble au père ; le dernier surtout.

En même temps... en même temps, est-ce drôle...
c'est très drôle... d'autant plus qu'elle était à cent lieues
de s'attendre à mon arrivée ; n'ayant pris rendez-vous avec
elle, que pour demain... je ne suis pas jaloux, mais c'est
très drôle... c'est très drôle, très drôle... En même
temps... en même temps... là, à point nommé... c'est
bien drôle.

Vous, reconnu le chef éminent de l'armée ; vous qui disposez à votre gré, à votre fantaisie, de tous les grades, nommez-vous donc simple soldat ; donnez-vous un avancement rapide ; arrivez à monter jusqu'aux graines d'épinard, au grade de commandant d'un corps d'armée ; élevez-vous à la dignité de Maréchal de France ; c'est pour vous l'affaire de quelques semaines, tout au plus..... Mais de grâce, je vous en supplie, au nom de l'armée, au nom de notre

florissante République: commandez-vous donc un uniforme...
Quand on est immortel, on ne regarde pas à la dépense. Ce
ne serait-il que pour le voir déchirer, mettre en mille
pièces, dans ce moment indescriptible, où la nation tout
entière, se précipitant sur vos pas, s'en partagera les
morceaux, au grand jour de la prochaine victoire... la
patrie reconnaissante vous en commanderait un tout neuf.
Voilà tout; ce n'est pas plus difficile que ça. Un uniforme,
un uniforme, s'il vous plaît.

L'âme sur la terre et même dans le ciel, peut-elle éprouver une sensation de joie comparable à celle d'être réveillé par les cris joyeux d'un ange adoré, souriant près de nous, dans son petit berceau ; quand, tout inondé de larmes, pendant le plus long et le plus affreux cauchemar, on a rêvé qu'on l'avait perdu.

Connait-on rien de plus abrutissant que ce qui se passe, en ce moment, dans la pièce qui précède ma chambre ; il y a là, un piano maudit, (ô Reyer!). Une main se promène nonchalemment sur les touches du clavecin, tandis que l'autre accompagné de gestes incohérents, une conversation inutile et qui n'en finit plus, de la maîtrese de la maison, avec une de ses amies ; et l'on s'étonne après çà, de découvrir, chez certains d'entre nous, tous les symptômes de la rage !

Je viens de pousser une exclamation formidable, à la lecture de ce paragraphe : *Sarlat-Dordogne, le 4 juillet 1892*. « Le Ministre s'adressant aux maires, a dit *que la République accueillerait, les mains ouvertes, ceux qui viendraient à elle, mais à condition qu'ils soient sincères.* » Ah, tu es là, mon autre moi-même, je t'ai réveillé : hé bien, dis-moi, est-ce assez bourgeois, ce petit paragraphe.

Il est facile de calomnier les vieillards et les femmes, parce qu'on sait bien qu'ils ne viendront pas nous en demander raison. Les femmes ont tant d'amis cependant, comment se fait-il, qu'on n'en trouve jamais un seul, pour venir les défendre ; c'est curieux ça. Ils ont du reste aussi beau jeu, les vieillards et les femmes, à calomnier les autres.

Je lui revaudrai ça, s'il s'agit d'un service qu'on nous a rendu. *Je lui revaudrai ça*, s'il s'agit d'une offense qu'on nous a faite. *Sa figure me revient, je la trouve charmante. Ce mauvais goût me revient, je le trouve détestable...* et bien d'autres mots encore, amalgamés dans notre langue ; mais c'est assez, sur ce sujet, c'est affaire de dictionnaire : ça regarde Camille Doucet.

Rien n'est plus raisonnable que le prix que la conva-
lescence nous réclame ; et cependant, nous le trouvons
toujours trop cher, nous hésitons, nous marchandons et c'est
souvent trop tard, quand nous regrettons de ne l'avoir pas
accepté.

———————

Qu'on en jalouse, qui sont encore moins heureux que
nous.

Un secret important qu'un ami nous confie, devient à la longue presqu'un remords pour nous; on regrette d'avoir accepté d'en être le dépositaire : il semble que chacun lit dans les traits de notre physionomie, un air de feinte, de contrainte, d'embarras; aussi, attendons-nous avec impatience, le moment où il nous sera permis de le divulguer.

C'est le jour hebdomadaire de mes bons amis ; bientôt l'heure, vite, dépêchons. Je ne connais pas un témoignage d'une intimité plus étroite, plus affectueuse, plus fraternelle et surtout plus confiante, que celui que nous donne un ami, en nous conviant, seul à sa table, au milieu de sa famille : *« Le bras à ma femme, voulez-vous, cher ami et placez-vous près d'elle. Montrez-nous le meilleur appétit, tout en ne nous cachant rien, ni les uns, ni les autres, de la manière dont nous avons passé la semaine..... Gaston et toi Juliette, n'oubliez pas que c'est grâce à la présence de notre ami, que vous devez d'être assis à la grande table ; soyez bien sages, vous jouerez avec lui après le déjeuner ».*

Je ne lui demande aucune reconnaissance, aucune, loin de là ; mais de toute façon je pense qu'il aurait pu m'adresser un simple remerciement : c'était bien le moins.

Avec quel empressement, nous nous précipitons au devant l'un de l'autre, au moment où l'on nous présente... elle est de bien courte durée, la durée d'un serrement de mains.

La porte de sa chambre donne sur ce couloir ; marchons, marchons, marchons bien doucement, bien doucement, plus doucement encore, en passant devant cette porte ; c'est presqu'un crime de troubler le sommeil d'un enfant.

Pour de simples prévenances dont on est l'objet, il n'est pas nécessaire de remercier autrement qu'en passant, lorsqu'on se rencontre, si toutefois encore on se le rappelle ; c'est assez dans l'usage ; mais s'il s'agit, par hasard, d'un important service qu'on nous a rendu, on se hâte alors d'adresser toutes les expressions de sa reconnaissance. Il m'est arrivé à moi, à moi-même, c'est vrai, je l'affirme, de remercier ainsi, le docteur qui m'a guéri..... c'est colossal.

C'est très aimable, très aimable, très aimable ; ça prouve qu'il pense à nous ; et aussi, pour qu'on ne l'oublie pas lui-même.

———

Ce n'est pas raisonnable de me tracasser ainsi, de me mettre la tête à l'envers, parce que j'ai vu deux ombres se reflétant sur les rideaux de sa fenètre ; elle était sans doute occupée à l'arrangement de quelque chose avec sa femme de chambre ; et puis, le soir, on peut se tromper.

Je n'aime pas qu'il me réponde courrier par courrier, quand surtout je ne suis nullement pressé de savoir ce que je lui demande ; il semble qu'il s'est dit : *Vite, vite, débarrassons-nous de cela, pour n'y plus penser.*

———

Si vous en connaissez un, dans le nombre de vos amis les plus intimes, qui, témoin d'une très sérieuse querelle entre vous et votre femme, ne s'en réjouira pas : donnez-moi son adresse.

Sur la pelouse du jardin, il courait, dansait, sautait, en riant aux éclats, ce petit garçon. Il avait fait ses devoirs, appris par cœur toutes ses leçons et commençait à peine sa récréation, quand je le vis s'arrêter et cesser de s'amuser; c'est qu'il venait d'apercevoir sa mère, sa mère qui le gronde sans cesse, pour la plus légère peccadille ; pour un mot qu'il a mal prononcé, pour sa casquette qu'il a laissé tomber, pour une tache à sa jaquette, pour une petite égratignure qu'il s'est faite en jouant, etc., etc. Il a peur, il tremble qu'elle ne le gronde encore, parce qu'il s'est trop diverti sur la pelouse..... Et les chers parents s'étonnent après ça, d'apprendre, qu'au contraire de ce qu'il est dans la maison, on le trouve partout où il va, même pour la première fois, charmant, souriant, plein de gaîté et de franchise. C'est votre faute, chers parents ; il est si difficile de se faire aimer et craindre en même temps, surtout par les enfants, qui ne se rappellent pas toujours les soins dont on a entouré leur jeune âge, mais qui conservent peut-être la mémoire des petites injustices dont ils ont été l'objet.

Tout récemment garni, il a besoin, malgré ça, de
prendre un peu l'air ; mais n'ayant pas d'enfant, que va-t-on
penser de le voir exposé sur l'appui de la fenêtre.

———————

Il a l'indifférence si persuasive ; sa façon est si charmante de l'exprimer, que ce sentiment devient presque une
qualité chez lui. « C'est bien vous qui me le rappelez, »
m'a-t-il dit quand je lui parlais d'un excellent ami de notre
enfance : « je l'avais totalement, mais là, totalement
oublié, eh, comment va-t-il, ce vieil ami ? »

C'est un brave sous-officier du 4ᵐᵉ dragons dont je suis le colonel ; je m'intéresse à lui ; j'ai beaucoup connu sa mère, une fort jolie femme ; je n'ai qu'un reproche à lui adresser : il est trop négligent, non pas en ce qui concerne la discipline, par Dieu non ; de ce côté là, nullement à me plaindre de lui ; mais, entendons-nous bien ; pour ses affaires personnelles, particulières, comme vous voudrez. En dehors du service, ce ne sont pourtant pas les permissions qui lui manquent, il le sait parfaitement. Il a sur le dos, dans ce moment-ci, une affaire très-importante, il ne s'en occupe pas, c'est le moindre de ses soucis. Après l'appel, ce matin, dans la cour du quartier, je lui en faisais familièrement l'observation, en manière de plaisanterie, plutôt en camarade qu'en supérieur, pour ne pas le troubler ; je lui disais qu'il ne fallait pas la laisser trainer en longueur, comme il fait de son sabre de cavalerie... ; il a souri... je n'aime pas ça.

C'est du paganisme..... Il faut quintupler le nombre des jours de l'année, afin de suffire aux célébrations de tant d'anniversaires, de cinquantenaires, de centenaires, de millénaires ; de baptêmes de yachts à ces Messieurs les Princes qu'il faut encore bénir par dessus le marché, yachts et princes : noces d'argent, noces d'or, noces en toute sorte de métal ; et pour suffire aussi aux érections de milliers de statues, en l'honneur des petits et des grands hommes... c'est du paganisme en vérité. On se portera bientôt en triomphe soi-même, si cela ne s'est pas déjà fait.

Oh non, pas celle-là ; celle-là je la garde : elle n'est compromettante que pour elle.

———

C'est un naïf, un naïf dégourdi, auquel il reste encore un peu de sa naïveté native ; voilà comment je le dépeindrais, si l'on me demandait d'esquisser son portrait.

N'ayant pas à sortir, je me trouve plus à mon aise ainsi, dans ma vieille robe de chambre ; mais j'ai remarqué que lorsque je suis négligemment vêtu, c'est négligemment aussi, que mon domestique me répond : faisons un peu de toilette.

D'un événement heureux ou malheureux, dont on a été témoin, on dit aussi bien de l'un comme de l'autre : « *je ne suis pas fâché d'avoir vu ça* ».

Leur maisonnette n'est qu'un pied à terre, qu'ils habitent cependant, pendant l'été ; mais on y étouffe de chaleur ; on ne se sent bien, on ne respire vraiment à l'aise, par un beau temps sec, que dans leur jardin : il a plu toute la matinée ; nous n'irons pas les voir, aujourd'hui.

On parlait d'un grand personnage, et l'on s'étonnait qu'à l'âge qu'il avait alors, il eût conçu, commencé et mené à si bonne fin, cette gigantesque entreprise de la réunion des deux mers ; comme s'il était possible d'assigner un âge au génie.

Ils s'éloignent... ils s'éloignent... je n'aperçois que la cime des mats, mais à peine, à peine... plus maintenant... si, encore un peu... une grosse vague a dû certainement soulever le navire... je ne distingue plus rien... plus rien... plus rien et je regarde toujours.....

Si la forme de la terre n'était pas ronde, si les yeux étaient comme la pensée qui ne cesse de voir, je les apercevrais encore, ces chers amis.

Une société de protestation contre la licence des rues, vient de s'établir. Une société contre l'abus du tabac s'est établie aussi, il y a de longues années: à quoi bon? Il faudrait supprimer le tabac; et, pour les mœurs, supprimer les rues et les gens; mais avant tout, la cause: la République.

Ma femme vient de me prévenir de l'attendre, qu'elle n'avait plus que son chapeau à mettre ; je comprends, je comprends ce que cela veut dire... je m'en vais.

On a des envies de mettre le feu à sa chevelure et, quand on est chauve, de se couper la tête, tant on se sent harcelé, tourmenté, agacé... oh, ces mouches.....

En regardant une chose qui nous surprend, nous étonne, on ne peut s'empêcher, parfois, d'en faire part à d'autres que nous ne connaissons pas, qui se trouvent en passant, près de nous, sur le même chemin ; et cela semble nous satisfaire qu'ils la regardent avec nous : pourquoi? Nous n'en savons rien, c'est un des mystères qui sont en si grand nombre dans notre nature. Mais si vivant au milieu du bónheur, nous en prévenons un ami qui répond à notre appel, et s'en vient le partager avec nous ; quelle immense joie nous éprouvons, alors..... C'est encore un mystère, moins compliqué que l'autre, cependant ; le cœur se chargeant de nous en donner l'explication.

C'est une erreur de croire à l'existence du monologue ; le monologue n'existe pas. Si l'on parle tout haut, c'est pour être entendu, par qui, quand on est seul ? c'est qu'on est deux. Nous nous en donnons encore l'assurance et aussi celle que nous ne craignons personne, lorsque pour effrayer la peur, nous chantons à tue-tête des airs de bravoure, en regagnant notre demeure, au milieu de l'obscurité de la nuit : c'est qu'on est deux. Que voulez-vous, que faire, comment agir, quel moyen, quel chemin prendre, pour expliquer ce phénomène ? ça dépasse l'imagination ; c'est incompréhensible ; nous n'y changerons rien, ce serait peine perdue de vouloir essayer ; c'est comme ça, c'est ainsi, c'est un mystère !..... Il y a bien le mystère de la trinité... n'est-ce pas encore plus étonnant.

Nice. — Typ. J. Ventre & Co